KB098052

어머니 이야기

어머니 이야기

한스 크리스티안 안데르센 지음 | 조선경 그림 | 강신주 옮김

북하우스

가엾은 어머니가 침대맡에 앉아 그녀의 어린 아이를 바라보고 있습니다. 그녀는 불안과 슬픔에 젖어 있어요. 죽음이 아이를 데려갈까 두렵습니다. 아이의 조그만 눈은 감겨 있고, 아이의 낯빛은 창백하게 죽음의 그림자가 드리워져 있습니다. 아이는 들릴 듯 말 듯 가늘게 숨을 쉬다가 이따금 탄식처럼 긴 숨을 떨며 내쉬었습니다. 어머니는 아이를 내려다보면서 점점 더 깊은 슬픔에 빠져듭니다.

문을 두드리는 소리가 나더니, 한 누추한 노인이 들어왔습니다. 그는 추위를 피하기 위해 말한테 덮어주는 큼직한 담요를 몸에 두르고 있어요. 바깥은 온 세상이 얼음과 눈으로 뒤덮였고 살을 에는 매서운 바람이 집 주위로 불어대고 있습니다.

노인이 추위로 덜덜 떠는 것을 본 어머니는 아이가 잠시 잠든 틈을 타서 자리에서 일어나, 작은 항아리에 맥주를 부어 난로 위에 올려놓습니다. 노인에게 주려고 말이지요. 노인은 아기 침대를 부드럽게 흔들어줍니다. 어머니는 노인 가까이에 있는 의자에 앉아 아픈 아이를 가만히 지켜보았습니다. 아이는 숨을 더 깊게 들이쉬더니 작은 손을 들어 힘없이 휘저었습니다.

"제가 우리 아가랑 계속 살 수 있겠지요? 그렇지요? 하느님이 제게서 아이를 데려가지 않으시겠지요?"
어머니가 물었습니다.

노인은 바로 '죽음'이었습니다. '죽음'은 어머니의 질문에 긍정도 부정도 아닌 기묘한
태도로 고개를 끄덕입니다. 어머니는 고개를 떨구었어요. 눈물이 그녀의 뺨을
적셨습니다. 그러던 중에 어머니는 깜박 잠이 듭니다. 어머니는 사흘 밤낮을
자지 못하고 아이를 간호했던 터라 머리가 무겁고 무척 지쳐 있었거든요.
그러나 그것도 잠시, 곧 그녀는 추위에 떨며 소스라치게 놀라 잠이 깹니다.

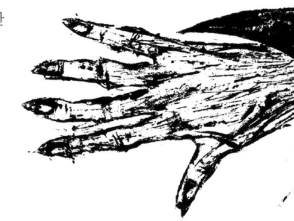

"아니, 이게 어떻게 된 일이지?"
그녀는 사방을 돌아보았어요. 노인은 보이지 않습니다. 아이도 없어졌어요. 노인이 아이를 데리고
간 것입니다. 그때 방 한쪽 구석의 낡은 괘종시계가 윙윙거리는 소리를 내고는 큰 시계추가 쾅 소리를
내며 떨어지고, 시계가 멈추었습니다.

가엾은 어머니는 아이의 이름을 부르며 밖으로 뛰쳐나갔습니다.

온 세상이 눈으로 덮인 바깥에, 기다란 검은 옷을 입은 여인이 앉아 있었습니다.

"'죽음'이 당신 집에 들어갔었지. 난 그가 서두르며 자네 아이를 데리고 나가는 것을 보았어. '죽음'은 바람보다도 빠르고 자기가 가지고 간 것은 절대로 돌려주지 않아."

"'죽음'이 어느 쪽으로 갔는지만 말해주세요. 어느 길인지만 알려주시면 제가 그를 반드시 찾아낼 거예요."

"내가 길을 알고 있긴 한데……." 검은 옷을 입은 여인이 말했어요. "하지만 조건이 있어. 자네가 아이에게 늘 들려주던 자장가들을 하나도 빠짐없이 내게 들려줘야 해. 그 노래들이 좋더라구. 언젠가부터 나는 그 노래들에 귀 기울이게 되었지. 나는 '밤'이야. 나는 자네가 노래를 부르며 흘리던 눈물도 보았지."

"네, 다 불러드릴게요. 모두 다…….
하지만 지금은 저를 막지 말아주세요.
제 아이를 찾으러 가게 해주세요."
어머니가 말했어요.

그러나 '밤'은 꿈쩍도 않고 말없이 버티고 서 있습니다.

어머니는 슬픔을 억누르느라 양손을 꼭 움켜쥔 채 하염없이 눈물을 흘리며 노래를 부릅니다. 어머니는 많은 노래를 불렀어요. 그러나 그 모든 노래들보다 그녀가 흘린 눈물이 훨씬 더 많았습니다.

마침내 '밤'이 말합니다.
"오른쪽으로 가서 어두운 소나무 숲으로 들어가봐. '죽음'이 아이를 데리고 그 숲으로 들어갔어."

어머니는 숲속 한가운데에서 가던 길을 멈춥니다. 갈림길이었어요. 어느 길로 가야 할지 알 수 없었어요.
바로 그 갈림길에 가시나무 덤불이 있었습니다. 추운 겨울이라 잎사귀도 없고 꽃도 없는 나뭇가지에 고드름이 매달려 있었어요.
"혹시 '죽음'이 제 아이를 데리고 지나가는 걸 보셨나요?"
어머니가 물었습니다.

"응. 보았지." 가시나무가 대답했어요. "하지만 어느 쪽으로 갔는지 말해줄 수 없어. 혹시라도 당신이 내 몸을 따뜻하게 녹여준다면 모를까. 난 추워 죽겠어. 이러다간 얼마 안 가서 그냥 꽁꽁 얼어버릴 것 같아."

어머니는 가시나무 덤불을 품에 꼭 껴안고 따뜻하게 해줍니다. 너무 꼭 껴안아서 가시가 온몸을 찔러 어머니의 가슴에서 굵은 핏방울이 흘러나왔어요. 그러자 그 추운 겨울밤에, 가시나무 덤불에서 싱싱한 푸른 잎과 꽃들이 피어나기 시작했어요. 슬픈 어머니의 가슴은 그토록이나 따뜻했습니다. 가시나무는 어머니에게 '죽음'이 간 길을 알려주었어요.

어머니는 큰 호수에 다다랐습니다. 호수에는 큰 배는 물론 나룻배 한 척도 없습니다. 호수는 얼어 있었는데, 걸어서 건너기에는 얼음이 두껍지 않았어요. 그렇다고 호수 속으로 들어가 헤치고 나아가 기에는 너무 많이 얼어 있었고 물도 너무 깊었습니다. 그러나 아이를 찾으려면 어떻게든 그 호수를 건 너야 합니다. 어머니는 호수의 물을 다 마셔버리려고 작정하고 엎드렸어요. 물론 그건 불가능한 일입 니다. 그러나 가엾은 어머니는 기적이 일어날지도 모른다고 생각했어요.

"그건 절대로 안 될 일이야." 호수가 말했습니다. "그 대신 내가 제안을 하나 하지. 당신이랑 나랑 거 래를 하는 거야. 나는 진주를 모으는 걸 좋아하거든. 근데 아기 엄마의 눈은 내가 여태껏 본 어떤 진 주보다도 가장 밝게 빛나고 맑아. 만약 당신이 더 이상 울 수 없을 만큼 울어서 그 두 눈이 빠지고, 빠 진 그 두 눈을 내게 준다면 내가 건너편 기슭에 있는 커다란 온실로 데려다줄게. 그 온실이 '죽음'이 사는 곳이야. '죽음'은 그곳에서 꽃과 나무를 돌보고 있지. 그 꽃과 나무들 하나하나가 다 인간의 생 명이라던데."

"아, 제가 아이에게 갈 수만 있다면 못 내놓을 게 뭐가 있겠어요!"
어머니가 흐느끼며 말했어요.

그녀는 울고 또 울고
또 울었습니다.
어느 순간 그녀의 두 눈이 빠져
호수에 떨어졌어요.

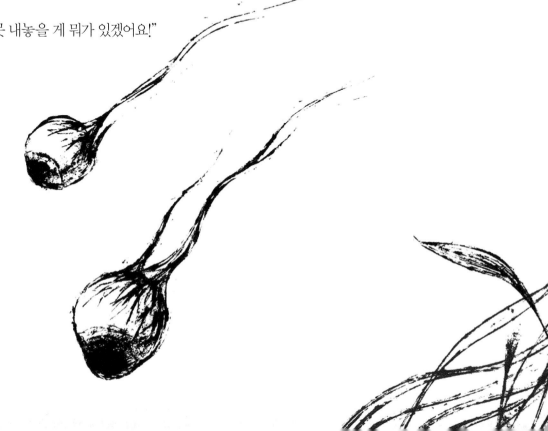

호수 아래 가라앉은 눈은 두 개의 귀한 진주가 되었어요.

그러자 호수는 어머니를 그네에 태우듯이 둥실 들어 올려 순식간에 맞은편 기슭으로 데려다주었습니다.

그곳에는 너비가 몇 킬로미터나 되는 길고 커다란 집이 서 있었어요. 숲과 동굴로 뒤덮인 산인지, 아니면 누군가 지어놓은 것인지 알 수 없는 이상한 집이었습니다. 그러나 가엾게도 어머니는 아무것도 볼 수가 없습니다. 눈물로 두 눈을 잃어버렸기 때문이지요.

"어디로 가야 우리 아이를 데려간 '죽음'을 만날 수 있을까요?"
어머니는 중얼거렸어요.

"'죽음'님은 아직 안 돌아오셨어."
'죽음'의 커다란 온실을 돌보는 쭈그렁 할멈이 대답했어요.

할멈이 묻습니다.
"그런데 아기 엄마는 도대체 여기에 어떻게 온 거야? 누가 도와줬어?"

"하느님이 저를 도와주셨지요. 그분은 자비로운 분이니까요. 할머니도 분명 하느님처럼 자비로운 분이겠지요? 어디로 가야 우리 아이를 찾을 수 있을까요?"

"몰라." 할멈이 대답했어요. "눈이 없으니 볼 수도 없겠구먼 뭐. 밤새 많은 꽃과 풀이 시들었어. 이 제 곧 '죽음'이 돌아와서 걔들을 옮겨 심을 거야. 아기 엄마도 알다시피 모든 사람들 하나하나가 하느 님이 만드신 대로 제각기 생명의 나무와 생명의 꽃을 갖고 있잖아. 생명의 나무와 생명의 꽃은 겉모 습은 다른 식물과 같을지 모르지만, 박동 치는 인간의 심장을 갖고 있지. 당연히 어린아이의 심장도 뛰고말고! 이봐, 돌아다니면서 심장 소리를 들어봐. 심장 소리로 자네 아이를 찾아낼 수도 있지 않겠 어? 참, 그런데 아기 엄마는 내가 이렇게 알려주는 대가로 나한테 뭘 해줄 텐가?"

"저는 드릴 게 아무것도 없어요. 그러나 할머니를 위해서라면 세상 끝까지도 갈 수 있어요."
어머니가 슬프게 말합니다.

"내가 세상 끝에 가서 뭘 하라고?" 할멈이 시큰둥하게 말했어요. "아, 그 길고 검은 머리카락을 나 한테 주면 되겠네. 자네도 알다시피 자네 머리카락이 참 아름답잖아. 난 그 머리카락이 몹시 맘에 들 어. 대신 내 이 하얀 머리카락을 줄게. 뭐라도 쓸모는 있을 테니……."

"그것 말고는 더 이상 부탁하지 말아주세요. 제 머리카락은 기꺼이 드릴게요."
어머니는 그녀의 아름다운 검은 머리를 내어주고, 대신에 할멈의 머리를 받아서
머리카락이 하얗게 되었어요.

두 여인은 '죽음'의 커다란 온실로 들어갔습니다. 온실에는 꽃과 나무들이 뒤섞여서 자라고 있었어요. 한쪽에서는 가냘픈 히아신스가 종 모양의 유리덮개 아래서 자라고 있고, 다른 쪽에는 커다랗고 튼튼한 작약꽃이 있습니다. 물풀들도 자라고 있는데 어떤 것들은 아주 싱싱하지만 어떤 것들은 물뱀들이 밑에서 둘둘 감고 있거나 가재들이 줄기를 꼭 조이고 있어서 병약했어요. 아름다운 종려나무와 떡갈나무와 플라타너스 나무도 있고, 파슬리와 달콤한 향기를 뿜어내는 백리향도 자라고 있어요.

이 모든 나무와 꽃, 풀들은 그 하나하나가 아직 살아 있는 한 인간의 생명입니다. 이건 중국에 사는 사람, 저건 그린란드에 사는 사람, 세상 여기저기에 흩어져 살고 있는 사람들의 생명이었어요. 화분이 작아서 당장에라도 화분을 뚫고 나올 것만 같은 큰 나무들이 있는가 하면, 또 다른 쪽에는 여리고 작은 꽃들이 가리개가 씌워진 채 이끼로 둘러싸인 기름진 땅에서 자라고 있었습니다.

슬픔에 싸인 어머니는 아무리 작은 꽃과 풀들일지라도 하나하나에 몸을 굽혀 그 안에서 뛰고 있는 심장 박동 소리에 귀를 기울입니다. 그러던 중 수많은 꽃과 풀 중에서도 어머니는 자기 아이의 심장 소리를 금방 알아차렸어요.

"이거예요!"

어머니는 외쳤어요. 작고 파란 붓꽃, 힘없이 한쪽으로 수그러져 있는 그 작고 파란 붓꽃을 향해 어머니는 두 손을 뻗었습니다.

"그 꽃에 손대지 마!" 할멈이 말했어요. "그냥 여기 서 있다가, '죽음'이 돌아와서 그 꽃을 뽑으려고 하면 뽑지 못하게 해. 이제 곧 돌아오실 시간이거든. 어떻게 하냐면, '죽음'에게 당신이 그 꽃을 뽑으면 내가 다른 꽃들도 뽑아버리겠다고 협박을 하는 거야. 그러면 '죽음'이 두려워할 거야. 꽃들에 관계되는 모든 일에 대해 하느님께 책임을 져야 하는 게 '죽음'이거든. 하느님의 허락 없이는 그 누구도 꽃을 뽑으면 안 돼."

갑자기 얼음처럼 차가운 바람이 휘익, 소리를 내며 온실 안으로 들이닥쳤습니다. 어머니는 눈이 보이지 않았지만 '죽음'이 돌아왔다는 것을 느낄 수 있었어요.

"여기까지 어떻게 왔지? 어떻게 나보다 먼저 여기에 올 수 있지?"
'죽음'이 묻습니다.

"저는 엄마니까요."
그녀는 말했어요.

'죽음'이 가냘픈 작은 꽃을 잡으려고 긴 손을 뻗었어요. 어머니는 행여 '죽음'이 그 꽃의 이파리 하나라도 다치게 할까 두려운 마음에 '죽음'의 손을 낚아채어 꽉 움켜쥐었어요. 그러자 '죽음'은 그녀의 손에 입김을 불었습니다. '죽음'의 입김은 이 세상 어느 바람보다도 차가웠습니다. 차갑게 곱아버린 그녀의 손은 그의 손에서 툭 떨어져나갔습니다.

"앞으로 알게 되겠지만 너는 나에게 대항할 힘이 없어."
'죽음'이 말했어요.

"그렇지만 우리 주님은 힘이 있어요!"
어머니가 맞받았어요.

"나는 오직 그의 뜻을 행하는 것뿐이다. 나는 하느님의 정원사야! 하느님의 모든 꽃과 나무들을 갖고 가서 '미지의 땅'에 있는 '낙원의 정원'에 옮겨 심지. 그러나 꽃과 나무들이 그곳에서 어떻게 자라는지, 그리고 그들이 거기서 무엇을 하는지, 그건 내가 감히 말할 수 없는 일이야!"

"오, 제발 제 아이를 돌려주세요!"
어머니가 눈물과 기도로 애원했어요.

돌연 어머니는 가까이에서 자라고 있는 두 개의 아름다운 꽃을 양손에 움켜쥐고는 '죽음'에게 소리 쳤어요.

"당신의 꽃들을 다 뽑아버릴 거예요. 제게 남은 건 절망뿐이에요."

"그만! 손대지 마!" '죽음'이 소리쳤어요. "넌 네가 불행하다고 했지. 다른 엄마도 너처럼 똑같이 불 행하게 만들고 싶어?"

"다른 엄마라고요?"
가엾은 어머니는 그 순간 화들짝 놀라 꽃들을 떨어뜨렸어요.

"자, 여기 너의 두 눈이 있다." '죽음'이 말했습니다. "너의 눈인지는 몰랐는데 호수에서 너무도 아름 답게 빛나길래 내가 건져왔지. 돌려줄 테니 이 눈을 다시 가져가거라. 너의 눈은 이전보다 더 잘 보일 것이다. 그 눈으로 네 옆에 있는 깊은 우물 속을 들여다보아라. 네가 방금 뽑아버리려고 했던 꽃들의 이름을 알려주마. 그리고 그들의 일생을, 그리고 네가 막 파괴하려고 했던 그들의 미래를 보여주마."

다시 앞을 볼 수 있게 된 어머니는 우물 속을 들여다보았어요. 한 생명이 세상의 축복이 되어 주위 에 기쁨과 즐거움을 퍼뜨리고 있는 게 보입니다. 어머니는 행복했어요. 다음으로 나머지 한 생명의 삶이 보입니다. 그 생명의 삶은 온통 슬픔과 궁핍, 죄와 불행뿐이었어요.

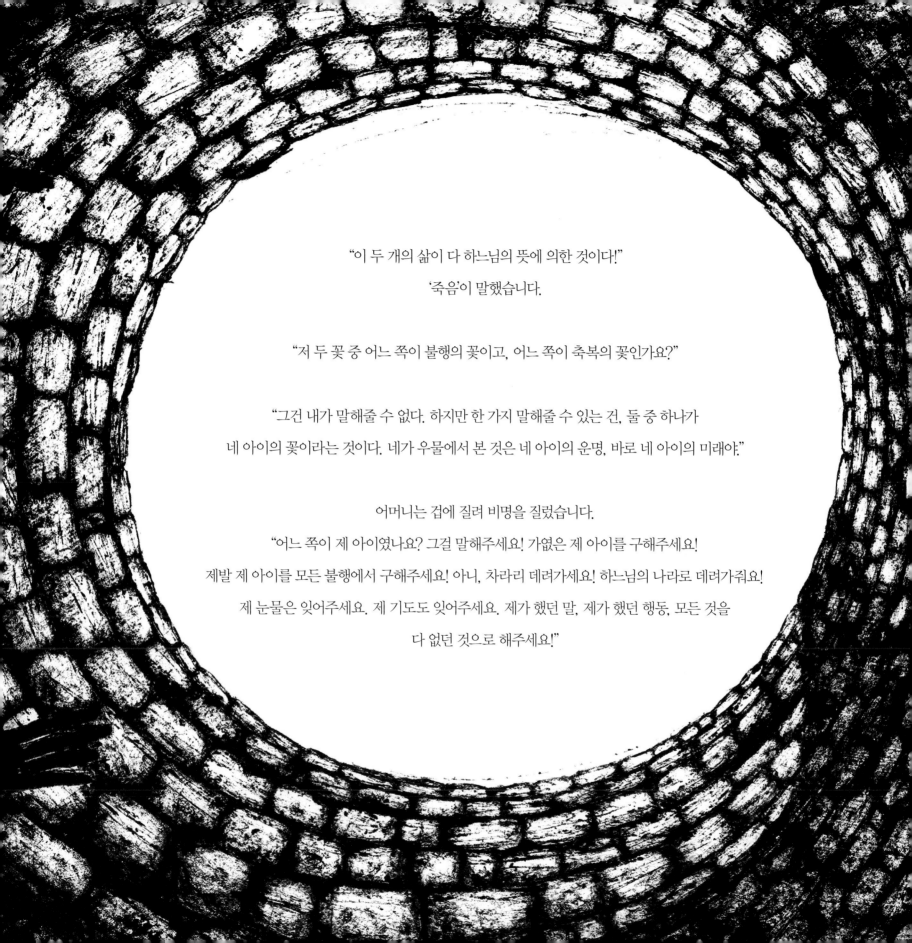

"이 두 개의 삶이 다 하느님의 뜻에 의한 것이다!"

'죽음'이 말했습니다.

"저 두 꽃 중 어느 쪽이 불행의 꽃이고, 어느 쪽이 축복의 꽃인가요?"

"그건 내가 말해줄 수 없다. 하지만 한 가지 말해줄 수 있는 건, 둘 중 하나가

네 아이의 꽃이라는 것이다. 네가 우물에서 본 것은 네 아이의 운명, 바로 네 아이의 미래야."

어머니는 겁에 질려 비명을 질렀습니다.

"어느 쪽이 제 아이였나요? 그걸 말해주세요! 가엾은 제 아이를 구해주세요!

제발 제 아이를 모든 불행에서 구해주세요! 아니, 차라리 데려가세요! 하느님의 나라로 데려가줘요!

제 눈물은 잊어주세요. 제 기도도 잊어주세요. 제가 했던 말, 제가 했던 행동, 모든 것을

다 없던 것으로 해주세요!"

"널 이해 못 하겠다!" '죽음'이 말했습니다.
"너는 네 아이를 돌려달라고 하는 것이냐,
아니면 아이를 네가 알지 못하는 곳으로
데려가달라고 하는 것이냐?"

어머니는 두 손을 부여잡은 채, 무릎을 꿇고 하느님께 기도합니다.

"하느님, 저의 기도가 당신의 뜻에 어긋난다면 듣지 마소서. 당신의 뜻이 가장 좋은 것이기 때문입니다. 듣지 마시옵소서. 듣지 마시옵소서."

어머니는 하느님의 뜻에 겸손하게 순종하여 고개를 떨구었습니다.

그 순간, '죽음'은 그녀의 아이를 데리고 '미지의 땅'으로 떠났습니다.

죽음이 언제 아이의 가냘픈 숨을 앗아갈까 공포에 떨며 침대맡에서 간절히 기도하는 어머니. 나는 이 여인을 안다.

'죽음'이 아이를 데려간 뒤 수많은 밤을 슬픈 기도로 지새우고, 고통의 가시를 품에 끌어안아 가슴에서 피가 흐르고, 두 눈이 빠져버릴 정도로 눈물을 흘리는 어머니. 나는 이 여인을 안다.

나의 엄마.

팔순 생일잔치를 치르고 바로 한 달 뒤 갑자기 외아들의 죽음을 맞이한 엄마는 충격으로 쓰러져 한없이 울었다. 부질없는 후회와 아쉬움과 공포와 허망함이 그녀의 마음을 갈가리 찢었다.

안데르센의 『어머니 이야기』를 번역하는 내내 채 일 년도 안 된 나의 오빠와의 사별의 기억이 생생히 다시 살아났고, 나는 아직도 계속되고 있는 우리 가족의 애도 과정을 다시 들여다보게 되었다. 안데르센의 작품을 통해서 죽음을 좀 더 객관적으로 관찰하게 되었고, 이제까지 막연히 지나치던 여러 의미들을 새로이, 깨끗하게 정의하게 되었으니 나에게는 이 번역이 심리치료였다.

이 책은 원서로 다섯 페이지 정도의 짧은 글이지만, 그 내용은 결코 단순하지 않다. 일단 어린아이의 죽음이라는 슬픈 엔딩은 선뜻 받아들이기 어렵다. 안데르센이 이 글을 썼을 당시는 영아 사망률이 높았고, 아이를 잃은 부모는 '일찍 죽는 게 죄악과 고통의 세상을 사는 것보다 낫다'고 위안을 삼았다. 하지만 그게 꼭 안데르센 시절의 이야기만은 아니다. 요즘도 일찍 죽은 사람들에게 흔히 바치는 애도문 중의 하나가 '고통이 없는 그곳에서 편히 쉬소서'이지 않은가.

『어머니 이야기』는 과연 자식을 일찍 잃은 부모에게 위로를 주기 위한 글일까? 그렇다면 아이의 죽음과 상관없는 대부분의 독자들에게 이 이야기는 도대체 무슨 의미가 있는가?

그 질문에 대한 답은 '어머니'의 말에서 찾아볼 수 있다. '죽음'이 자기보다 먼저 자신의 집에 와 있는 어머니를 보고 놀라 묻는다. 어떻게 이렇게 빨리 올 수 있었냐고. 어머니의 대답은 간단하다.

"저는 엄마니까요."

바로 이 '저는 엄마니까요'라는 말은 이 이야기에서 가장 중요한 주제이다.

모성애.

『어머니 이야기』는 자식을 위해서라면 어떤 고통도 달게 받아들이는 어머니의 사랑에 관한 작품이다. 흥미롭게도 우리는 어머니에게서 모성애의 두 가지의 상반되는 선택을 목격한다. 처음에 어머니의 소망은 단 하나다. 아이를 살려

29

서 같이 사는 것이다. ("제가 우리 아가랑 계속 살 수 있겠지요?") 아이를 죽음의 사자에게서 되찾기 위해 길을 떠나 온갖 고생을 이겨내는 어머니는 자기의 눈을 빼어가면서, 문자 그대로 맹목적 헌신의 모성애를 실천한다. 그러나 이 야기의 마지막에서 어머니의 기도는 돌변한다. "제 아이를 모든 불행에서 구해주세요"로. 그리고 그녀는 아이를 포기한다. ("차라리 데려가세요!") 자신의 죽음을 불사하면서 아이를 지키려던 어머니는 아이를 죽음의 세계로 놓아보내주는 어머니로 변화한다. 어머니는 아이를 위해서라면 어떤 고통도—그것이 자식을 죽음으로 떠나보내는 고통이더라도—감수하려는 것이다. 두 어려운 선택 모두 아이를 자신보다 더 사랑하는 '엄마라서' 가능한 것이다. 『어머니 이야기』는 이렇듯 "저는 엄마니까요"에서 출발하고, "저는 엄마니까요"로 마무리 지어진다.

쉽지 않은 선택이다. 어머니는 혼돈을 겪는다. 그녀의 혼돈은 단숨에 드리는 두 개의 상반되는 기도에서 드러난다 "가엾은 제 아이를 구해주세요" 하고는 곧 이어서 "하느님의 나라로 데려가주세요"라고 부르짖는다. 거기에 "제 눈물은 잊어주세요. 제 기도도 잊어주세요"라고 덧붙인다. '죽음'은 어머니가 원하는 게 무엇인지 도대체 이해할 수 없어서 그녀에게 묻는다. "네 아이를 돌려달라고 하는 것이냐, 아니면 아이를 네가 알지 못하는 곳으로 데려가달라고 하는 것이냐?"라고.

그러나 어머니는 더 이상 죽음의 사자에게 대답하지 않는다. 죽음의 사자는 삶과 죽음에 아무런 권한이 없는, 하느님의 심부름꾼일 뿐이기 때문이다. 대신 어머니는 하느님께 기도를 한다. "저의 기도가 당신의 뜻에 어긋난다면 듣지 마소서. 당신의 뜻이 가장 좋은 것이기 때문입니다."

아이를 옆에 두고 싶은 엄마의 사랑이 '하느님의 뜻' 앞에서 재조정되는 순간이다. 자신은 아이를 죽음에서 구해주려고 하나, 죽음으로 데려가는 게 하느님의 뜻이라면? 그녀는 자신의 욕구와 하느님의 뜻이 일치하지 않음을 깨닫는다. 죽음의 이후는 '미지의 땅'이고 그것은 말 그대로 어떤 곳인지 알 수 없는 곳이지만, 그녀는 하느님의 뜻에 승복한다. 하느님의 뜻이 항상 옳고 선하다는 믿음이 있기에 그녀는 목숨만큼 사랑하는 아이를 선뜻 내놓는 것이다. 아이 없이 사는 자신의 삶이 곧 죽음과 다를 바 없다는 것을 알면서도 말이다.

그렇게 이성적인 판단을 내리지만 어미로서 느끼는 거의 동물적인 보호본능, 아이를 곁에 두고 사랑해주고 싶은 욕심은 쉽게 사라지지 않는다. 그래서 그녀는 자기의 기도를 듣지 말아달라는 아이러니한 기도를 올린다. "저의 기도가 당신의 뜻에 어긋난다면 듣지 마소서"라는 말은 아이와 함께하고 싶은 본능적 욕심을 아이의 안녕을 위해 포기하는 어머니의 절절한 사랑의 천명이다.

뇌사 상태의 아들이 깨어나게 해달라고, 아들을 살려달라고 피눈물의 기도를 하던 나의 엄마도 비슷한 과정을 겪었다. 어느 날 엄마는 처절한 괴로움을 누르고 "하느님, 당신의 뜻을 구합니다. 당신의 뜻을 따르겠습니다"라는 기도를 올렸다. 그리고 "신열아, 네가 힘들지 않는 게 내가 원하는 것이다. 너만 좋으면 된다"는 기도로써 아들에게 자유를 주었다. 다음날 오빠는 숨을 거두었다.

안데르센의 '어머니'나 나의 엄마나 그렇게 아이를 놓아주는 모성애를 실천하기까지, 그리고 아이를 위해서라면 모르는 세계에 아이를 던질 수 있는 믿음에 이르기까지 끔찍한 고통의 과정을 겪어야 했다. 두 눈이 빠질 정도로 울어야 했다. 두려운 암흑 속에서 헤매어야 했다.

'죽음'에게서 돌려받은 어머니의 눈은 더 밝고 더 잘 보인다고 했다. 그 눈을 통해서 그녀가 절대자, 자신, 아이의 관계를 정확하게 보게 되었다는 것은 우연이 아니다. 이전의 그녀가 '아이를 데리고 살겠다'라는 욕심으로 눈이 멀어 있었다면 그녀가 다시 찾은 새 눈은 소유욕 때문에 볼 수 없었던 절대자의 선한 뜻을 파악한다. 바로 그 성숙한 시각이 있기에 그녀는 아파하면서도 담대히 아이를 내놓을 수 있었다. 그런 성숙을 위해 고통, 암흑, 눈물의 천로역정이 필요했던 것이리라.

'죽음'이 아이를 데리고 떠난 뒤, 기도를 마친 어머니는 눈물로 범벅이 된 얼굴을 들면서 무슨 생각을 했을까? 그 후 그녀는 어떻게 살았을까? 아이가 없는 외로움과 슬픔을 그녀는 어떻게 극복했을까? 어쩌면 나의 엄마와 같은 모습이 아니었을까?

만약 그녀가 나의 엄마와 같은 모습이었다면 그녀는 많이 울었을 것이다. 하루에도 수백 번 슬픔으로 주저앉았을 것이다. 그러나 그렇게 매번 무너질 때마다 다시 일어나 묵묵히 하루하루를 살아갔을 것이다. 엄마니까…….

'죽음'이 아이를 데려간 것을 발견한 순간, 시계추가 떨어지고 시간이 정지되었다는 구절이 있다. 참으로 적확한 상황 묘사이다. 사랑하는 이의 죽음은 살아 있는 사람의 시간을 정지시켜버린다. 삶은 유보되고, 숨만 쉬고 있지 사는 게 사는 것 같지 않은 상황이 된다.

오빠가 뇌사판정을 받은 뒤 나의 부모님께도 시간이 멈춰버렸다. 시계추는 가슴을 도려내는 듯한 고통의 현재 속에 멈추어 있었다. 하루하루가 죽지 못해 사는 삶이었다. 고문이었다.

그러나 부모님은 안데르센의 '어머니'처럼 자유롭게 놓아주는 사랑을 선택했다. 그리고 나서 어느 순간부터인가 팔순의 부모님이 단 둘이 사는 집에 시계추가 다시 움직이기 시작했다. 돌이킬 수 없는 과거로 돌아가려는 무의미한 노력은 끝났다. 죽음을 다시 돌리고 싶어하던 부질없는 욕심도 사라졌다. 이제 그들은 얼마 남지 않은 삶을, 미래를 향해 정확히 움직이는 시계추에 맞추어 열심히, 조금씩 전진해나가고 있다. 그들이 곧 향하게 될 '미지의 땅'에서 아들이 기다리고 있다는 사실이 그들을 기쁘게 한다.

지은이 한스 크리스티안 안데르센 Hans Christian Andersen

1805년 덴마크 오덴세에서 가난한 구두 수선공의 외아들로 태어났다. 부친이 사망한 뒤 혈혈단신 코펜하겐으로 가서 여러 사람의 도움을 받아 문법학교와 대학을 졸업했다. 1835년에 첫 소설 『즉흥시인』을 발표했고, 같은 해 동화집 『어린이를 위한 동화』를 썼다. 『어린이를 위한 동화』는 동화작가로서의 출발점이 되었으며, 비평가들의 혹평에도 불구하고 대중적으로 인기를 끌었다. 그 후로도 〈인어공주〉, 〈성냥팔이 소녀〉, 〈눈의 여왕〉, 〈미운 오리 새끼〉 등 기발한 상상력과 독특한 내용의 창작 동화를 잇달아 발표하며 명성을 떨쳤다. 평생 독신으로 살았던 안데르센은 70세에 코펜하겐에서 세상을 떠났다.

그린이 조선경

홍익대학교에서 시각디자인을 전공하고, 동대학원에서 초현실주의 일러스트레이션으로 석사학위를 받았으며, 미국 SVA(School of Visual Arts)에서 Illustration as journalism essay로 MFA를 받았다. 1994년 귀국하여 일러스트레이션과 그림책 작업을 병행하며 특히 예술적이며 철학적인 이미지 그림책에 대한 관심으로 『마고할미』, 『지하정원』, 『파랑새』, 『랄라라』, 『In the begining』, 『The crow』, 『What is it?』 등의 그림책을 냈으며, 패션디자이너 질 샌더(Jil Sander)와 의상 협업을 했다. 조선경 작가의 그림책은 영국 V&A(Victoria & Albert Museum)와 패션디자이너 폴 스미스(Paul Smith)의 런던 패션매장에서 전시, 판매되고 있다. 현재 그림책 작가로 활동하며 그림책 출판사 Somebooks를 운영하고 있다. SI그림책학교 교수이기도 하다.

옮긴이 강신주

서강대에서 영문학을 전공하고 같은 대학교 대학원에서 석사학위를 받았다. 이스라엘 하이파대학 영문학 석사, 이스라엘 예루살렘 히브리대학 문학 박사, 프랑스 파리 제8대학에서 여성학으로 석사학위(D.E.A)를 받았다. 여성주의, 가정, 기독교, 아동 교육, 다중언어 문화 등의 주제에 관심을 갖고 있다. 저서로는 『세계를 놀이터 삼아』, 『나는 튀기가 좋다』가 있다. 현재 미국 캘리포니아에서 남편과 두 아이, 그리고 사랑스러운 고양이 펠릭스와 함께 살고 있다.

어머니 이야기

초판발행 2014년 3월 3일
지은이 한스 크리스티안 안데르센 | **그린이** 조선경 | **옮긴이** 강신주 | **펴낸이** 김정순 | **편집** 오세은 | **디자인** 김진영 | **마케팅** 김보미 임정진 전선경
펴낸곳 (주)북하우스 퍼블리셔스 | **출판등록** 1997년 9월 23일 제406-2003-055호
주소 121-840 서울시 마포구 양화로 12길 24(서교동 395-4) 선진빌딩 6층 | **전자우편** editor@bookhouse.co.kr | **홈페이지** www.bookhouse.co.kr
전화번호 02-3144-3123 | **팩스** 02-3144-3121
ISBN 978-89-5605-738-5 03850
이 도서의 국립중앙도서관 출판도서목록(CIP)은 e-CIP 홈페이지(http://www.nl.go.kr/cip.php)에서 이용하실 수 있습니다.(CIP2014005760)